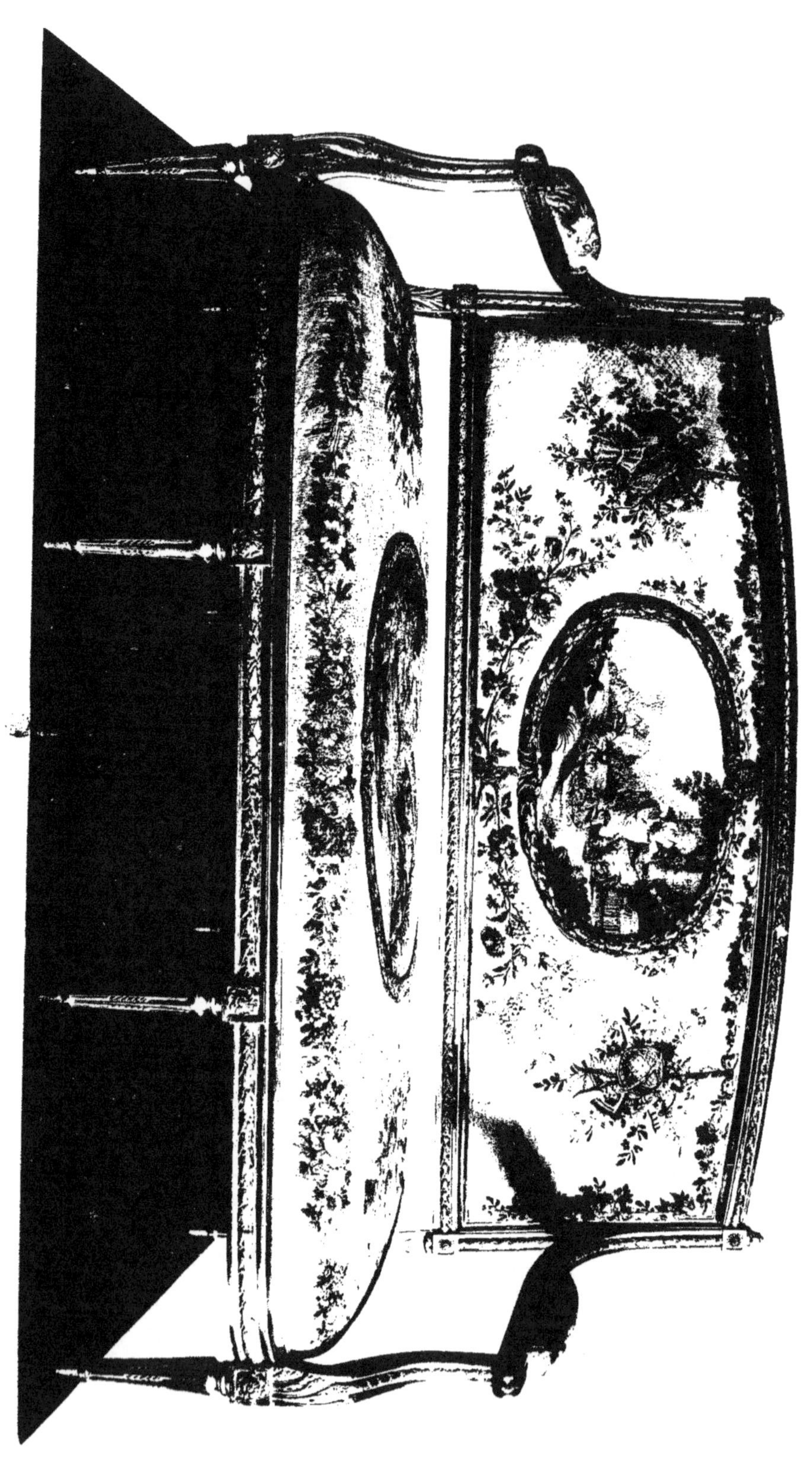

CATALOGUE

D'UN MAGNIFIQUE

MOBILIER DE SALON

ÉCRAN ET CANTONNIÈRES

EN TAPISSERIE DE L'ÉPOQUE LOUIS XVI

A sujets de Boucher et d'Oudry

DONT LA VENTE AUX ENCHÈRES PUBLIQUES AURA LIEU APRÈS DÉCÈS

De Mme la Vicomtesse Dode de la Brunerie

ET POUR CAUSE DE MINORITÉ

HOTEL DROUOT, SALLE N° 2

Le Vendredi 16 Juin 1893, à 3 heures 1/2

Par le Ministère de Me **G. DUCHESNE**, Commissaire-Priseur

6, rue de Hanovre, 6

Assisté de **M. A. BLOCHE**, Expert près la Cour d'appel

25, rue de Châteaudun, 25

EXPOSITION PUBLIQUE

Le Jeudi 15 Juin 1893, de 1 heure 1/2 à 5 heures 1/2
Et le Vendredi 16 Juin 1893, de 2 heures à 3 heures 1/2

CONDITIONS DE LA VENTE

La vente sera faite expressément au comptant.

Les Acquéreurs paieront en sus des adjudications *cinq pour cent*, applicables aux frais de la vente.

L'Exposition mettant le public à même de se rendre compte de l'état des objets, il ne sera admis aucune réclamation une fois l'adjudication prononcée.

Paris. — Imp. de l'Art, E. Moreau et Cie, 41, rue de la Victoire.

DESIGNATION DES OBJETS

1 — Ameublement de salon, composé d'un canapé et
six fauteuils en bois sculpté et doré, dessin à
chaînes de laurier courant autour des dossiers et
des bandeaux, pieds cannelés ornés de chutes
d'asperges, consoles et culots à grandes feuilles
d'acanthe et couverts de tapisserie de Beauvais
ou d'Aubusson très fine de soie, de l'époque
Louis XVI.

Le canapé à grand développement présente au
dossier un médaillon d'après Boucher, représentant *la Petite Fermière*, un panier sous le bras,
jetant la becquetée aux poules et coq, son chien
près d'elle, dans un riant paysage, encadré d'un
tore de laurier et se détachant sur un fond
crème. Tout autour des guirlandes de fleurs

auxquelles sont suspendus de gracieux trophées d'instruments de musique et de travaux champêtres. Dans le bas se détachent deux gerbes de roses et de lilas.

Le dessus de siège présente au centre un médaillon d'après Oudry : *le Chien et le Cygne*, encadré d'un tore de laurier et comme au dossier sur fond crème tout autour, des guirlandes de fleurs, avec des trophées d'instruments de musique, d'attributs allégoriques à la Comédie, à la Danse, etc.

Les six fauteuils, de grand modèle, présentent aux dossiers et sur les sièges des trophées de carquois, de houlettes, d'instruments de musique, d'aiguières et autres objets symboliques suspendus à des guirlandes de fleurs formant encadrement.

Deux garnitures de fauteuils ont été refaites par Wallet il y a quinze ans; à cette époque les bois ont été redorés.

Cet ameublement est des plus remarquables par la grande forme des sièges, son dessin si pur et surtout par l'harmonie du coloris des tapisseries. Le canapé mérite tout particulièrement l'attention des amateurs.

2 — **Grand écran à double face**, en bois finement sculpté, fond rechampi de blanc, ornements et sujets en haut et bas-relief rehaussés d'or, supporté par deux femmes à corps de lionnes dites *marquises*. Le fronton cintré, sur lequel se détache une frise très délicate de fleurs, est couronné par un groupe de sirènes d'après *Clodion*. Les montants offrent des cariatides de sphinx drapés, émergeant de torchères ornées de feuillages et de gerbes de blé. Le bas est décoré d'une guirlande de perles, retenue par des nœuds de rubans, travail inspiré de SALAMBIER.

Cet écran est formé d'un côté par un charmant panneau de tapisserie de Beauvais ou d'Aubusson très fine, représentant au centre, dans un médaillon, *l'Enfant à la colombe suivi de son chien*, de BOUCHER, encadré d'un tore de laurier et suspendu à des guirlandes de fleurs s'entrelaçant avec des cordelières à glands d'or. De l'autre côté, c'est un panneau peinture sur soie, attribué à BOUCHER : *les Amours forgeant des traits*, dans un paysage.

Cet écran est des plus précieux comme sculpture, comme tapisserie et comme peinture, réunissant en lui-même la collaboration des décorateurs, sculpteurs et maîtres tapissiers les mieux inspirés de l'époque.

3 — Deux grandes cantonnières en tapisserie de
Beauvais ou d'Aubusson, de l'époque Louis XVI,
représentant des tentures vert pâle enguirlandées
de fleurs, relevées par des cordelières et garnies
de franges d'or avec glands, se relevant sur des
transparents rose pâle, le tout en tapisserie. Cer-
taines parties dans le haut ont été restaurées.
Ces décors de croisées ou de baies sont très har-
monieux de nuances.

4 — Deux coussins longs en tapisserie de Beauvais
ou d'Aubusson très fine, de l'époque Louis XVI,
à double face, offrant des trophées d'instruments
de musique et de travaux champêtres encadrés
de guirlandes de fleurs sur fond crème.

Pièces très rares et en bel état de conser-
vation.